「炮灰」闺女的生存方式

手账

「炮灰」闺女的生存方式

手账

乌里丑丑 著

青岛出版集团 | 青岛出版社

人物档案

·燕铖·

身份：巫姒族后代

伴侣：叶七七

生日：五月二十一日

·叶七七·

身份：北冥七公主

伴侣：燕绒

生日：五月二十日

人物档案

	一	二	三	四	五
1					
2					
3					
4					

1					
2					
3					
4					

想对自己说

七七的手账

12月16日 ❄

呜呜呜！坏暴君，坏爹爹！他是个坏人，说我的糖葫芦是廉价的东西！

~~七七再也不喜欢他了！~~

12月20日 ☼

父皇爹爹今天给我道歉了。

哼！我本来还有点儿生气，但看在父皇爹爹认错的分上，就原谅他吧！

嘻嘻！

春生

1月6日 ☂

~~为什么别人家的哥哥对妹妹超级好，我的哥哥们却一个比一个可怕啊？！他们整天除了吓唬我就是吓唬我，可恶！~~

我的六哥哥是世界上最好最好的哥哥，对我特别特别好，每天都给我吃好吃的，带我出去玩，天哪！怎么会有六哥哥那么好的哥哥啊？！

5月6日 ☼

今天去太子哥哥那边看娘娘的时候，我无意间知道了二皇兄小时候因为在祭祀大典上太饿了，装鬼上身，当着满朝文武的面偷吃贡品，结果被父皇爹爹一巴掌扇了下去的事。

父皇爹爹：“逆子，要不是看你净抓自己喜欢吃的东西，朕都要被你吓到了！”

哈哈哈……

完了，二皇兄走过来了——

5月20日 ☼

今日是可爱的七七——也就是我的生日，嘻嘻！父皇爹爹、皇兄、皇姐他们送了我好多好多礼物，我真是世界上最幸福的小姑娘。

礼物里有一件好漂亮的衣服，我美滋滋地穿上啦！

好奇怪啊！父皇爹爹他们都在问我身上这件漂亮的衣服是谁送的，我问了好多人，他们都说不是他们送的。这可真奇怪啊！

一	二	三	四

五	六	日

一	二	三	四

五	六	日

一	二	三	四

五	六	日

书籍信息

内容关键词

内容简介

开始日期	
结束日期	
阅读方式	

摘抄

感悟

哪儿来的脏东西？给朕拖出去！

我举心对明月，却无言以对她。

你长得倒是可爱，却一点儿也不乖，见到哥哥就要走。

完了，她的童年要完整了！

我的小公主，希望你天天开心，没有烦恼。

七七的手账

7月23日

我今天见到了那个人……

他变了好多，和小时候完全不一样。

原来我还有个六哥哥啊……

他才不是我的哥哥。

8月13日

好奇怪啊！一个人长大后真的会变得性格跟小时候完全不同吗？

六哥哥明明小时候对我凶巴巴的，怎么现在变得那么……黏人……？

5月19日

我有点儿不太正常了……

他明明是哥哥啊!

6月1日

他可能真的是疯了!

我们怎么可以在一起?!

8月20日

他是燕铖。

他不是我的哥哥。

…………

1月28日

我爱他。

夏长

一	二	三	四

五	六	日

一	二	三	四

五	六	日

一	二	三	四

五	六	日

	书籍信息
	内容关键词
	内容简介

开始日期	
结束日期	
阅读方式	

摘抄

感悟

九年了，我的小姑娘。

他的小姑娘果真是长大了。

哥哥抱妹妹还不能抱了吗？

七七一直知道的吧，我对你的感情。

叶七七，好久不见，我想你了，很想很想。

几年未见，七七倒是越来越凶了。

没名分的人就像是外面的野花采不得，相伴终身还是找个有名分的才行。

许久未见，陪皇兄吃顿饭，应该不过分吧？

怕哥哥养不起你，小财迷？

七七的手账

5月21日 ☼

生日快乐，哥哥。

你在边境要一切顺利，早日回来。

12月15日 ☁

我要去找他，然后……带他回家，不论生死。

12月28日

哥哥，你一定要平安。

一	二	三	四

五	六	日

一	二	三	四

五	六	日

一	二	三	四

五	六	日

	书籍信息
	内容关键词
	内容简介
开始日期	
结束日期	
阅读方式	

摘抄

感悟

他本就不想做她的哥哥，曾经是，如今依然是。

九年了，我的小姑娘，哥哥等这一刻很久了。

要不要先抱一下，我未来的小娘子？

儿臣斗胆自荐，想要带兵出征，待平定边境后，归来娶七七为妻。

能和她在一起的日子，他如何不喜欢？

能和她在一起的未来，叫他如何不去期待？

七七要不要试试，继续和奇奇纠缠不休？

七七的手账

8月13日

皇姐姐说得没错，男人婚前和婚后完全就是两个样子！

他……是不是不喜欢我了？

我爱你。

8月15日

六哥哥是混蛋、狗男人！

我再也不理他了，再理他就是小狗！

8月16日

汪汪汪……

冬藏

一	二	三	四

五	六	日

一	二	三	四

五	六	日

一	二	三	四

五	六	日

开始日期	
结束日期	
阅读方式	

书籍信息

内容关键词

内容简介

摘抄

感悟

七七，我爱你。

我们回北冥。

宝宝，我们回去就成亲好不好？

希望他的小姑娘永生永世平安顺遂、喜乐无忧。

灵鸢的花语是对你的爱意永世不变。

哪怕海枯石烂，他对她的爱意都不会改变。

两个人喝完这交杯酒，此后眼中皆是对方，永世不变。

图书在版编目（CIP）数据

“炮灰”闺女的生存方式手账 / 乌里丑丑著. 青岛：青岛出版社, 2025. -- ISBN 978-7-5736-3483-2

Ⅰ. I247.5

中国国家版本馆CIP数据核字第2025BT8474号

“PAOHUI” GUINǙ DE SHENGCUN FANGSHI SHOUZHANG

“炮灰”闺女的生存方式手账

乌里丑丑 著

策　　划　李文峰　王羽飞
责任编辑　李文峰
特约编辑　王羽飞
责任校对　邓　旭
插　　图　Apr-田　阿　满　春山涅
装帧设计　蒋　晴
出版发行　青岛出版社（青岛市崂山区海尔路 182 号）
本社网址　http://www.qdpub.com
邮购电话　18613853563
照　　排　梁　霞
印　　刷　三河市良远印务有限公司
出版日期　2025 年 7 月第 1 版　2025 年 7 月第 1 次印刷
开　　本　24 开（710mm × 1000mm）
印　　张　9
字　　数　50 千
书　　号　ISBN 978-7-5736-3483-2
定　　价　49.80 元

编校印装质量服务电话　**4006532017　0532-68068050**

编校印装质量服务